O foco das coisas
& outras histórias

Autora
Ana Cecília Carvalho

Revisão
Lyslei Nascimento

Projeto gráfico e diagramação
Caroline Gischewski

Fotografias
Leonardo Tafuri

Editores
Alencar Perdigão
Cláudia Masini
Luciana Tanure
Thásia de Medeiros

Catalogação na Publicação (CIP)

C331
Carvalho, Ana Cecília
O foco das coisas & outras histórias / Ana Cecília Carvalho ; fotografias Leonardo Tafuri. – Belo Horizonte : Quixote+Do Editoras Associadas, 2019.
116 p.: il.

ISBN 978-85-66256-48-2

1. Contos brasileiros. 2. Literatura brasileira. I. Título.

CDD B869.3

Bibliotecária responsável: Fernanda Gomes de Souza CRB-6/2472

Quixote+Do Editoras Associadas
www.quixote-do.com.br
Rua Fernandes Tourinho, 174
Belo Horizonte, MG, Brasil
Tel: (31) 3227.3077
editora@quixote-do.com.br

O foco das coisas
& outras histórias

Ana Cecília Carvalho

2019

EDITORAS ASSOCIADAS

Agradeço a Lyslei Nascimento,
por tudo e muito mais.
Ao Hal, ao Samuel, a Gisella e a Betty,
pelo amor e pela infinita paciência.
Ao Luís Giffoni
e aos meus queridos editores
Alencar Perdigão e Cláudia Masini,
Luciana Tanure e Thásia Medeiros,
pela confiança, incentivo e amizade.

Aqueles que estão muito acordados, não podem sonhar.

(Armand Lancestrong)

SUMÁRIO

I O FOCO DAS COISAS 13

15 Laços
17 O foco das coisas
21 O outro lado
23 Ligação
27 Profiteroles
29 O chapéu
31 Pequeno ensaio sobre a vingança

II MENTIRAS 35

37 Enquanto isso não se revela

41 O passado

43 Imperfeição

45 Incompetência

III ESPERANÇA 49

51 Correspondência

55 Festa de sonho

57 O fio

61 O armário

IV TEMPO 65

67 Primeira charada: Manual de sobrevivência

69 Segunda charada: O motivo

71 Terceira charada: Entropia

73 Impaciência

V BICHOS 77

79 O pacto
81 Alfredo
83 Dorso
85 O conflito
89 Infância
91 Falar pelas tartarugas

VI LUGARES 95

97 Perder-se em Veneza
99 Tzor'a
103 A fonte em Mumbai

VII ESCREVER 107

109 Pós-escrito

O foco das coisas

Vai e vulto
Leo Tafuri

LAÇOS

Ernesto fechou a porta com cuidado para não acordar o bebê. O dia começava a clarear. A noite tinha sido difícil. Nada parecia acalmar a criança que, agitada, se recusava a dormir. Exausto, depois de tentar tudo que estava ao seu alcance, desde oferecer de novo a mamadeira e andar de um lado para o outro carregando a menina nos braços, até deitar-se ao lado dela no acolchoado estendido no chão, fingindo dormir, na esperança de que isso pudesse fazê-la adormecer, colocou-a no berço e disse irritado:

"Agora chega. Você tem de aprender a dormir sozinha, como qualquer pessoa."

A menina olhou intrigada para ele. Mas não exatamente *para* ele. Melhor seria dizer que ela olhou *através* dele. Isso fez com que Ernesto olhasse por cima dos ombros, para se certificar se algo atrás dele captara a atenção da menina. Ao mesmo tempo, ele sentiu uma leve pressão nas costas, uma carícia, como se tivesse sido tocado pela mão de alguém.

"Estou mesmo cansado", pensou.

Ficaram ambos imóveis e em silêncio. Ele e a criança. Pela primeira vez em muitos dias, por um momento, ele sentiu um alívio reconfortante. A criança se acalmou. Ernesto permaneceu de pé ao lado do berço, observando enquanto a menina fechava os olhos e finalmente adormecia.

Uma vez do lado de fora do quarto, ele hesitou um minuto antes de mergulhar de novo no silêncio da casa, feito da consistência irremovível da ausência de Lea.

O FOCO DAS COISAS

O ônibus parou ao lado do quiosque, sob a sombra de um grande toldo, frágil proteção contra a tocha onipresente do sol. Os poucos passageiros que ainda restavam desceram ansiosos para esticar as pernas depois de muitas horas espremidos no desconforto das poltronas. Irma esperou que todos saíssem do veículo e ficou um minuto retocando a maquiagem no pequeno espelho que retirou da bolsa. Depois, levantou-se e dirigiu-se para a porta de saída, carregando consigo a máquina fotográfica e a garrafa de água mineral. O ar quente a deixou sufocada por um instante, e ela instintivamente recuou.

Desde o início da viagem, Irma vinha tentando fazer algumas fotos, pensando que isso talvez agradasse o editor da revista e, quem sabe, o fizesse aceitar o seu pedido de promoção. Ela sabia que ele gostava de flagrantes inusitados, desses que captam expressões emocionais para ressaltar o tema das reportagens. Contudo, à medida que a estrada avançava pelo deserto, começou a ficar mais difícil encontrar rostos que se prestassem ao que estava procurando. A mesmice já estava começando a incomodá-la.

"Dez minutos!", disse o motorista, estendendo a mão para ajudá-la a sair do ônibus. Hesitante, Irma segurou a mão dele e caminhou para debaixo do toldo. Os passageiros se serviam do que tinham conseguido comprar na pequena loja de conveniência instalada no quiosque, ao mesmo tempo em que, cansados, já não se interessavam em conversar uns com os outros.

Um gato surgiu do fundo do quiosque e, atrás dele, um velho cego guiando-se com uma bengala. O gato parou diante de Irma e ficou olhando para ela, como se pedisse alguma coisa. Ela ajeitou a câmera e tirou uma foto dele, mesmo certa de que não serviria para nenhum dos seus propósitos. Em seguida, não viu mais o gato. Assustou-se quando o cego bateu com a bengala em seu ombro.

"Você fez desaparecer o meu gato", ele disse em tom de acusação. "Devolva o meu gato ou mando você para o deserto, de onde você não vai mais sair", ameaçou entre dentes.

Entre assustada e irritada, ela afastou-se do velho e caminhou para fora do quiosque, na intenção de entrar no ônibus e se livrar do embaraço. Da sua janela, ainda o viu brandir a bengala no ar, enquanto o ônibus se afastava. Quando ela se animou a olhar a foto que tinha tirado, descobriu que não havia captado nada. Havia apenas um borrão escuro, movimento sem foco. Intrigada, mas também aliviada, ela se recostou na poltrona, tentando descansar. De onde estava, tal como tinha sido desde o começo da viagem, Irma podia ver o rosto do motorista refletido no espelho retrovisor, sempre atento à estrada. Irma fechou os olhos por um minuto, e não viu a face contraída do motorista quando ele levou a mão ao coração.

O OUTRO LADO

Depois de pendurar o último quadro na parede – o autorretrato de Diana entre as madressilvas –, o maior dentre os outros que ele havia pendurado naquela manhã, e conferir o equilíbrio das molduras, Bruno guardou a furadeira na caixa de ferramentas.

Diana folheava uma revista, distraída.

"Pronto. Está bem assim?", ele perguntou.

Por cima da revista, Diana olhou para os quadros e aprovou, afirmando com a cabeça. Continuou sentada, enquanto Bruno varria o pó que caíra no assoalho durante o processo.

Assim que terminou, Bruno recolheu tudo em uma pá e jogou na cesta de lixo que ficava na cozinha. Voltou para a sala, na intenção de se despedir de Diana. Para sua surpresa, ela havia adormecido, ou parecia dormir, tendo abandonado a revista, que caíra no chão.

Bruno olhou para os quadros na parede. O maior deles, o autorretrato, tinha se inclinado e agora pendia em evidente desequilíbrio. Bruno se aproximou da moldura para aprumá-la. Ao fazê-lo, o quadro escapou das suas mãos e caiu com um estrondo no chão. Bruno voltou-se para Diana, pronto para se desculpar pelo barulho repentino. Diana continuava com os olhos fechados. Ao recolocar o quadro na parede, ele assustou-se quando viu que, no lugar das madressilvas pintadas em volta do rosto sorridente de Diana, agora apareciam bicos de pássaros e garras ferozes de aves de rapina. Só então Bruno percebeu que Diana se partira em pedaços.

LIGAÇÃO

Quase deserto àquela hora, no final da tarde, o parque ainda tinha um ou outro visitante, mas eles já se apressavam para sair antes que os portões se fechassem. O frio descia aos poucos, implacável, tomando todo o espaço antes aquecido pelo sol. Como de costume, no encerramento do dia, a tarefa de Luís era percorrer as trilhas, dirigindo o pequeno furgão, para se certificar de que não haveria ninguém deixado para trás. Enquanto isso, Hugo, seu irmão gêmeo, deveria conferir o trabalho da equipe de limpeza e fazer o balanço do caixa. Depois de tudo verificado, seria hora de fechar os portões e irem embora.

Mais cedo, antes que o parque fosse aberto para o público, os dois tinham se desentendido por causa de uma lanterna, dentro da cabine da bilheteria. Nos últimos tempos, essas brigas por motivos tolos vinham acontecendo com frequência, e cada vez mais violentas. Nesse dia, irritado com o irmão, Hugo o empurrara com força para fora da cabine. Depois não o viu mais, durante o resto do dia.

Tentando se aquecer do lado de dentro da cabine, Hugo esperou algum tempo por Luís. Como ele não voltou dentro do tempo que costumava levar para fazer a última ronda, Hugo o chamou pelo celular. A chamada caiu na caixa de mensagens, e ele deixou gravado:

"Ei, cara, cadê você? Por que está demorando? Me ligue aqui."

Esperou mais um pouco, antes de se decidir a andar pelas trilhas para procurar o irmão. A noite caía rapidamente. Procurou a lanterna, mas não a encontrou. Na certa ficara dentro do furgão, pensou. Antes de deixar a cabine da bilheteria, Hugo calçou as luvas e vestiu o gorro de lã. O frio agora vinha de todos os lados, na velocidade do vento cortante que soprava.

Hugo não encontraria Luís. Mas em uma das trilhas, junto ao rio, encontrou o furgão ainda ligado, a porta do motorista aberta, a lanterna acesa sobre o assento do passageiro. Junto ao pedal do freio, o celular que tocava. Em um gesto automático, Hugo atendeu a ligação, sem perceber o seu próprio nome na identificação da chamada. Do outro lado, a voz de Luís dizendo:

"Ei, cara, cadê você? Por que está demorando? Me ligue aqui."

Depois o silêncio. Hugo sentiu uma leve tonteira. Sentou-se dentro do furgão, tentando entender o que se passava. Àquela altura, ainda que um dia viesse a entender, não conseguiria impedir o espelhamento e a dissolução de que era feito o elo que os unia.

PROFITEROLES

Amélia, febril, não se sentia em condições de enfrentar a jornada de trabalho. Então, alcançou o telefone sobre a mesinha ao lado da cama e ligou para Jorge, seu colega na confeitaria, para pedir que ele assumisse as encomendas do dia. Isso feito, voltou para debaixo das cobertas, tiritando de frio e, virando-se para a parede, evitou olhar para a desordem das caixas espalhadas pelo quarto, sob a luz insistente do dia.

Todo o seu corpo doía, e ela custou a adormecer. Acordou quando já anoitecia. A febre cedera, e agora ela tinha muita sede. Era preciso ir até a cozinha para buscar água, mas antes que o fizesse, o telefone tocou. Era Jorge, perguntando como ela estava e se precisava de alguma coisa.

"Estou melhor, obrigada."

Ele então disse que as encomendas tinham sido feitas e entregues. "Com exceção de uma", ele falou com uma certa hesitação.

"O que houve? De quem era a encomenda?", Amélia perguntou.

"Bem, talvez você possa me explicar. Eram cerca de 20 mil profiteroles, uma encomenda feita em seu nome. Achei que era alguma brincadeira e, é claro, não levei a sério."

Amélia agradeceu e desligou.

A febre voltou no meio da noite. Quando o dia raiou, Amélia mal conseguia se levantar. De novo, sem condição de ir ao trabalho, ligou para Jorge.

"Acho melhor você ir ao médico", ele sugeriu. "Se me der um tempo, vou até aí e levo você ao hospital."

"Não precisa, Jorge. Vou ficar bem. Só preciso de mais um pouco de descanso."

Do outro lado do telefone, Jorge falou:

"Me avise se mudar de ideia."

Amélia se levantou e caminhou com dificuldade entre as caixas que agora, empilhadas em número muito maior do que no dia anterior, emergiam como destroços. Vinte mil profiteroles.

O CHAPÉU

No último andar, o ar denso e quente envolveu o rosto de Jacob como o vapor de uma sauna. Com o nevoeiro, não era possível enxergar um palmo adiante. Instintivamente, ele elevou a lanterna, como se isso pudesse ajudá-lo a se localizar. Jacob assustou-se quando algo, talvez uma gaivota ou um gavião, veio de repente na sua direção e arrancou-lhe o chapéu. Com o movimento que ele fez para se proteger, acabou deixando a lanterna cair, e ela se quebrou no chão de cimento. Irritado, Jacob sentou-se de costas contra o parapeito e acabou adormecendo. Aos poucos, o nevoeiro foi se tornando menos denso, varrido pelo vento ameno que começou a soprar sobre o rosto de Jacob, fazendo-o despertar. Confuso, não conseguiu se lembrar da razão pela qual estava ali. Colocou-se de pé e, apoiando as mãos no parapeito, olhou para baixo. Viu o seu chapéu voando na direção da avenida, descendo lentamente como se fosse uma folha de papel aberta. Seu corpo tinha chegado primeiro. Os cacos de vidro que se soltaram quando a lanterna se quebrou brilhavam sob a luz de um letreiro. Empoleirada sobre um poste de iluminação, uma grande ave prestava atenção em tudo. Depois, voou pela avenida deserta, antes que Jacob pudesse entender.

PEQUENO ENSAIO SOBRE A VINGANÇA

Sua cabeça, deitada, jazia inclinada sobre as folhas, alheia ao vai e vem das formigas. Seu rosto, meio coberto pela página do jornal. Sua mão esquerda segurando o único botão da camisa (coisas que observei naquela tarde). A morte esfriava o café em cima da mesa. Pensei que a mulher na televisão deveria parar de chorar. Examinei a folha do jornal e a xícara de café. Ninguém voltaria mais tarde para acender a luz ou chamá-lo para o jantar. O vento entrou gelado pela janela entreaberta. Você para sempre alheio ao choro da mulher na televisão. "Tome notas, meu caro Watson", ecoou Sylvia Plath no fundo da minha memória. "Esse é um caso sem corpo; o corpo não entra nisso de modo algum", ela sentenciava.

Ajoelhei-me para ver o estrago mais de perto. Nada como em *Twin Peaks*: nenhuma letra datilografada sob a unha do dedo anular. Nenhuma dançarina de cabelo alaranjado que voltasse rodopiando nos próximos episódios. Apenas o coração exangue, desfeito pelo golpe certeiro, proporcional àquilo que, no peito do seu assassino, teria buscado uma reparação.

Mentiras

Fim do baile
Leo Tafuri

ENQUANTO ISSO NÃO SE REVELA

Bia não apareceu na hora marcada. "Ora, o que será que houve?", pensei. Ontem, enquanto conversávamos, ela me pareceu meio alheia. Não preocupada nem triste. Apenas dava a impressão de estar em outro lugar, um pouco distraída, sabe como é? Sem Bia para me ajudar hoje, tenho de contar com Benjamin, que é outro cabeça de vento. Aliás, ainda não o tinha visto hoje, desde que eu chegara bem cedo para colocar uns papéis em ordem.

"Benjamin, venha cá", chamo do alto da escada. "Bia está atrasada, e preciso que você me ajude aqui em cima."

Ninguém responde e pergunto, agora em tom mais alto: "Tem alguém aí para vir até aqui me ajudar?"

Só então ouço a voz de Benjamin:

"Já estou indo."

Quando ele aparece na minha sala, levo um susto. As olheiras escuras e fundas, o cabelo despenteado, as roupas sujas de poeira, um grande corte na testa, onde o sangue coagulado traçava uma espécie de ponto de interrogação.

"O que aconteceu, Benjamin?", pergunto muito preocupado.

"Não foi nada. Já passou", ele diz.

"Como já passou? Alguém bateu em você?"

Ele se assenta na poltrona e começa a chorar. Com pena dele, ofereço um copo de água. Ele recusa e pede desculpas por estar chorando daquele jeito.

"É melhor que você me conte o que aconteceu", eu digo, sentando-me ao lado dele.

"Se eu contar, o senhor não vai acreditar."

Encorajo-o a prosseguir.

"Eu não sei mais onde eu moro. Ontem, depois do trabalho, fui para casa, mas não encontrei a minha rua. Parecia um pesadelo. Não reconheci a vizinhança, nem as pessoas para quem pedi ajuda. Andei feito doido, até que encontrei a Bia. Contei para ela o que estava acontecendo comigo. Então ela me disse que também estava perdida, sem conseguir encontrar o lugar onde morava. Decidimos vir para cá. Mas acredite, este lugar também tinha desaparecido."

"Benjamin isso é impossível. Você está aqui. Eu estou aqui. Veja, este lugar existe. Se você e Bia fizeram alguma coisa errada ontem, é melhor me dizer. Vocês tomaram alguma droga, ou algo assim?"

"Não, de jeito nenhum!"

Benjamin fica olhando para o chão. O tempo passa. Nisso, o telefone toca. É Bia que, do outro lado da linha, parece muito aflita.

"O senhor está aí? E Benjamin?"

"Sim, estamos aqui. Ele me contou uma história muito doida. O que está acontecendo, Bia? Onde você está?"

Bia começa a chorar e não consigo entender o que ela me diz. Peço que ela se acalme, mas isso não adianta. A ligação é interrompida.

Percebo que Benjamin saiu da sala enquanto eu conversava com Bia. Algo mudou, mas não sei o que é. Não reconheço o lugar onde me encontro. É noite e tateio o chão duro e frio do asfalto. A dor que sinto por todo o corpo é perfurante. Escuto sirenes ao longe. Alguém segura a minha mão. Penso ver Bia, estendida ao meu lado, imóvel. Um pouco adiante, Benjamin, também imóvel. Alguém segura a minha mão e diz:

"Não houve tempo. Desculpe se não falamos a verdade."

O PASSADO

O bule de chá, os biscoitos, a toalha xadrez, a lentidão de uma rotina que aos poucos caminha para a desesperança. Adélia observa o sol da tarde entrando pela fresta da janela e a aparente organização da estante onde se destacam os retratos de Pedro e Ludmila, embaçados pela poeira. Pedro segura uma pipa; ela, uma boneca. Cada um a seu modo, olha para o desconhecido, como se nada temesse. Adélia fecha os olhos. Ela se vê parada junto ao portão da casa. Ainda é madrugada. Faz frio. Pedro coloca a mala no bagageiro do automóvel. Depois, vai até Adélia e diz:

"Não se preocupe. Vou encontrá-la e trazê-la de volta."

Pedro entra no carro e liga o motor. Acena para Adélia e depois acelera na direção do futuro, onde desaparece e se transforma em lembrança.

IMPERFEIÇÃO

Otávio se afasta com cuidado, para não acordar Elisa. Sob a luz do dia que começa a clarear, ele pode ver a tranquilidade do corpo adormecido, os cabelos espalhados sobre o travesseiro, a expressão tão inocente que, na primeira vez, o deixara incrédulo.

Ele vai até o banheiro, onde se lava e se veste. Elisa ainda dorme profundamente quando ele volta para o quarto. Para evitar a claridade, ela agora tem o travesseiro sobre a cabeça. Tendo se movido sob as cobertas, parte das costas se destaca à luz do sol. Otávio percebe uma pequena cicatriz na altura da omoplata direita, que ele não tinha visto antes. Ele se debruça para ver de perto. A marca do que um dia pode ter sido uma perfuração, agora se destaca como uma depressão em forma triangular.

Otávio se assenta na cadeira ao lado da cama, por um momento decidido a esperar que Elisa acorde e lhe conte a verdade. Mas logo muda de ideia. Ergue-se e sai do quarto, deixando-a para sempre e, com isso, poupando-se de ouvir o que destruiria nele a ilusão.

INCOMPETÊNCIA

"Estou preso no elevador", fala pelo interfone. "Por favor, peça para virem me tirar daqui."

"Fique tranquilo. Já estamos a caminho", asseguram.

Ele espera, um pouco aflito, porque não gosta de lugares fechados. Meia hora se passa e ele torna a interfonar. A mesma voz atende e ele, agora, com um tom mais aborrecido, pergunta quando de fato virão para retirá-lo do elevador. "Já estamos quase aí", é a resposta.

Os minutos se arrastam, até que ele ouve uma batida do lado de fora e depois outra, acima do elevador. Sente uma sacudida e, aliviado, vê que o elevador volta a funcionar. Mas não por muito tempo, e não para baixo, para a portaria do prédio. O indicador mostra que o elevador agora sobe, sem parar, para a cobertura. A porta automática, que ele agora esmurra com raiva quando o elevador para, não se abre. Exasperado, ele tira o interfone do gancho e, aos berros, descreve o problema, pedindo para que o retirem dali o quanto antes, pois já está cansado de esperar. Isso vai continuar por toda a noite. No final, completamente esgotado, ele se deita no chão do elevador. Encontram-no assim, na manhã seguinte, quando constatam que já não havia mais necessidade de mentir.

Esperança

Espera
Leo Tafuri

CORRESPONDÊNCIA

De novo, Luiza havia passado a tarde fumando e olhando pela janela, para conferir se o carteiro tinha chegado. Já anoitecia quando o viu despontando no final da quadra. Então, desceu apressada para a portaria, mal conseguindo controlar a impaciência, enquanto o rapaz distribuía meticulosamente a correspondência nos escaninhos. Não havia muito o que distribuir e, como logo ficou evidente, o que ela esperava não tinha chegado.

"Nenhuma correspondência para o apartamento 502?", perguntou, torcendo para que ele tivesse se enganado e colocado em algum outro escaninho o envelope em seu nome. Sem se incomodar, o carteiro conferiu de novo a distribuição.

"Não senhora. Está tudo certo. Nenhuma correspondência para o 502 hoje", ele falou.

Luiza sentou-se desolada no sofá da portaria, enquanto o rapaz saía do prédio. Acendeu um cigarro e deu uma tragada, tentando se resignar. Nisso, o carteiro retornou. Hesitou um instante diante dos escaninhos, antes de vê-la ainda sentada no sofá.

"502? Luiza Rossi?"

Luiza ergueu-se do sofá, como se tivesse recebido uma ordem.

"Sim. Sou eu!"

"A senhora tem sorte. Esse envelope com o seu nome foi encaminhado para o prédio ao lado. Quase foi extraviado. O remetente subscreveu o endereço errado."

Luiza agarrou o envelope estendido para ela, arrancando-o das mãos do carteiro.

O rapaz sorriu e disse:

"Até amanhã."

Sozinha na portaria, Luiza tornou a se sentar no sofá, agora com o coração disparado, enquanto rasgava o envelope. De dentro, retirou a folha de papel amarelada dobrada ao meio e abriu-a com cuidado. Escrita em caligrafia infantil, leu a mensagem pela qual tanto esperava: "Prezada Luiza, agradeço por esperar por esta correspondência. Prometo escrever mais amanhã. Saudações."

Suspirando aliviada, Luiza guardou a carta dentro do envelope e caminhou na direção do elevador.

Parado no passeio, do lado de fora do prédio, o carteiro esperou até que ela entrasse no elevador. Então sorriu e fez um arremedo de continência, batendo levemente os calcanhares, antes de ir embora.

FESTA DE SONHO

"É muito importante não deixar ninguém de taça vazia. Não quero ver ninguém sem comida. Cuidem para que todos sejam servidos o tempo todo. Não quero saber de nenhum convidado reclamando depois, cochichando que passou fome na minha casa", Mirna falou alto, em tom severo que não admitia desobediência.

O *maître* assentiu com a cabeça, em sinal de respeito, e Mirna saiu da cozinha, sem ver que os garçons mal conseguiam controlar o sorriso de deboche.

Mirna olhou-se no espelho, antes de voltar para a sala de recepção. Uma mecha de cabelo se soltara do penteado elaborado, e ela a prendeu de novo com o grampo cravejado de *strass*. Conferiu um por um os arranjos de flores e as velas nas mesas, a disposição dos pratos, dos talheres, dos guardanapos, das taças. O rapaz que cuidava da música ambiente havia acabado de testar o som. Ele sabia que Mirna não gostava de muito barulho. Mas ela também não tolerava silêncio no *background*.

Tudo pronto para receber os convidados, Mirna se sentou ansiosa na varanda. O tema romântico da música a acalmou um pouco.

Um dos garçons se aproximou, oferecendo uma taça de espumante em uma bandeja.

"Não, obrigada. Tomarei uma taça com o primeiro convidado", ela disse, dispensando o garçom, que apertou os lábios para controlar o riso.

Passava da meia-noite quando o *maître* foi até a varanda e a encontrou dormindo na espreguiçadeira. Àquela altura, a equipe já havia ido embora, depois de recolher as mesas e colocar tudo de volta no lugar. Apenas ele ficara. Ele tocou de leve no braço de Mirna, que despertou um pouco assustada.

"Todos já se foram. Posso fechar a casa?", ele perguntou.

"Sim, pode. Muito obrigada. Depois telefonarei ao *buffet* para dizer se meus convidados gostaram ou não do jantar."

"Sim, senhora. Boa noite. Até a próxima."

"Com certeza", ela falou. "Eu o acompanho até a saída."

Como sempre, Mirna evitou olhar para os engradados de bebida e as caixas cheias de comida empilhados do lado de fora da casa. Depois que o *maître* saiu, ela andou até a sala e apagou as luzes.

"Um dia eles virão", ela pensou.

O FIO

Sem conseguir disfarçar o cansaço, Sérgio terminara a aula alguns minutos mais cedo. Aquela era a sua pior turma do curso noturno, vinte e cinco alunos sem nenhum interesse pelo que ele dizia. O dia não tinha sido nada fácil, agora que já não havia muito o que se fazer por Irene.

"Amanhã continuamos", falou para os alunos, que logo se colocaram de pé, felizes com o encerramento antecipado da aula. Enquanto saíam da sala, alguns se despediram dele, em um tom de gracejo sob a aparência de respeito.

Sérgio juntou os livros sobre a mesa e os guardou dentro da mochila. Depois, desligou o *laptop*, fazendo escurecer a tela onde projetara os tópicos da aula. Pronto para ir embora, já ia apagar a luz quando notou que um dos alunos permanecia no fundo da sala, como se estivesse dormindo, debruçado sobre a carteira, o capuz da jaqueta de cor cinza cobrindo a cabeça. Da porta, um pouco incomodado, mas não surpreso com o fato de um dos estudantes ter dormido durante a sua aula, Sérgio falou bem alto:

"Ei, a aula já acabou!"

Como o aluno não se movesse, Sérgio foi até ele e o tocou de leve no ombro, dizendo:

"Vá dormir na sua casa."

Com o toque, o capuz deslizou para trás, mostrando um rosto de feições delicadas de uma aluna que Sérgio não reconheceu. Um fio de saliva escorria pela boca semiaberta, pintada de batom muito vermelho.

"Está na hora de ir para casa. A aula já acabou", ele falou alto, em vão.

A moça não dava sinal de que acordaria. Hesitando entre sacudi-la com força ou deixá-la ali, dormindo sobre a carteira, ele acendeu um cigarro. Durante um tempo que parecia nunca passar, ficou olhando para a moça, tragando o cigarro. Aos poucos, ele foi relaxando, até que se sentou na carteira ao lado. Em seu sono profundo, ela quase não parecia viva, a palidez acentuada pela luz fluorescente da sala de aula.

"Quem seria?", Sérgio pensou, certo de que nunca a vira em nenhuma das suas aulas.

De onde estava, ele podia ouvir o vigia do prédio caminhar pelo corredor, no andar de cima, enquanto apagava as luzes e fechava as portas das outras salas de aula. Ele logo desceria até a sala onde ele lecionava. Sérgio deveria estar preparado, no caso de o vigia estranhar ainda vê-lo, ali, observando o sono de uma aluna.

"Isso não está certo", pensou Sérgio. "Melhor acordá-la."

Sérgio sacudiu a moça com força e falou bem alto:

"Ei, moça! Hora de ir para casa. Sala de aula não é lugar de dormir."

A moça entreabriu os olhos, ofuscados pela luz fluorescente do teto, e ergueu-se com dificuldade da carteira, como se tentando se equilibrar na beira do sono de onde fora bruscamente retirada.

"Professor, desculpe ter me atrasado. Vim para lhe dizer que Irene não volta mais", disse em um fio de voz ao qual Sérgio se agarrou.

O vigia o encontrou sozinho dentro da sala e, como fazia todas as noites, já há algum tempo desde que Irene se fora, conduziu-o gentilmente até a saída, antes de fechar a porta do prédio.

O ARMÁRIO

Pulseiras, frascos de perfume vazios, ursos de pelúcia, bonecas, envelopes, papéis de carta, revistas, sapatos e roupas que, ainda, com os sinais da infância, despontam no meio da desordem dos livros que ali se misturam a presilhas de cabelo, etiquetas, ingressos de cinema usados, CDs, um celular quebrado, um Ipod, escovas de dente, folhas de papel. Um amontoado de objetos tão díspares quanto emaranhados. Amanda suspira, desanimada. Tinha sido chamada meio a contragosto, pela filha, que a lembrara de que a mudança estava marcada para acontecer no final da semana. Não precisavam mais de uma casa tão grande, agora que seriam apenas duas pessoas morando juntas.

"Jogue fora tudo que não vai para a casa nova, e embale apenas o essencial", tinha sido o pedido inflexível que Amanda escutou pelo telefone.

Esperança

Com as caixas de papelão abertas e vazias ao seu lado, Amanda começou a separar o passado do presente, primeiro critério de que lançou mão, diante da montanha dos acúmulos a serem descartados. Concentrada, não percebeu a entrada da neta que, indignada com a sua presença, demorou um minuto para encontrar o tom exato que expressasse o protesto.

Amanda assustou-se quando a voz da jovem ecoou como uma flecha:

"Com que direito?!"

Parada junto à porta, do alto da adolescência, ela fuzilava Amanda com os ecos da pergunta retórica recém vociferada.

Com a humildade dos que já viveram o suficiente para entender que não vale a pena insistir na luta pela palavra final, Amanda estendeu as mãos vazias de qualquer pretensão e pensou, só pensou: "Você tem razão. Eu deveria ter esperado pelo dia em que você decidisse se desembaraçar do que já não serve."

Em vez disso, Amanda se colocou de pé, beijou a neta e saiu. Mais tarde, iria se haver com a frustração da filha. Agora o que importava era começar a riscar na parede os dias, de cinco em cinco, tal como fazem os prisioneiros, e esperar até que a adolescência da neta terminasse. O tempo desmontaria o orgulho e a afirmação desmedida, e abriria espaço para o que se aprende na vida quando se perde tudo que é inútil.

Tempo

Nosferatu
Leo Tafuri

PRIMEIRA CHARADA: MANUAL DE SOBREVIVÊNCIA

Lorena tem um inimigo oculto. Lorena sabe que, de sua fresta dissimulada, ele a espreita, inquieto, enquanto ela passa tranquilamente na direção do trabalho, do seu amado, do seu sucesso. O inimigo gostaria de reter Lorena nas garras agudas de alguma doença incurável. O que ele não daria para estrangular Lorena na solidão do abandono e do esquecimento!

"Não deixe que ele o consiga, Lorena", ela diz a si mesma todos os dias. "Deixe-o, sim, vivo de ódio e de despeito. Ele pode desistir de você e procurar outra pessoa. E, se for satisfeito, você há de se tornar comum."

Lorena tem um inimigo oculto. Ela o cultiva sem cessar, não deixando que ele desista.

"Ele é tão precioso quanto o meu melhor amigo. É uma sorte ter esse inimigo, apesar do paradoxo da situação", ela pensa. "Ele teme você, Lorena. Isso é sinal de respeito, como dizem os chineses", ela pensa todas as manhãs enquanto estende a mão para o espelho e diz, abrindo um enorme sorriso:

"Venha me buscar."

SEGUNDA CHARADA: O MOTIVO

É esse seu modo de não saber as coisas, ela disse, ao fazer as malas. É essa sua incompreensão. Ando pela sua casa e me perturbo: o branco está manchado de branco. É essa sua partida constante, essa sua inquietude, essa sua volta sem razão. A mesmice do dia e da noite, o tempo todo e sempre. O relógio branco e os ponteiros manchados de branco que marcam uma hora manchada que constantemente se esvai. É esse meu modo de morrer, essa sua eterna anulação. Percebo você, apesar de escondido entre as sombras. Sinto que está aí. Sinto seu cheiro de passado, a sua saudade entre as sombras. Na entrada da minha casa, adianta-se o seu contorno hesitante. Quase toco em seu cansaço. Você caminhou toda uma vida, descendo as serras, na lentidão dos séculos. Conheço suas mãos tristes, seus lábios secos, seus pés sem esperança, seu desânimo. Não tenha medo. Eu me vou antes que o meu futuro ouça a sua canção póstuma.

TERCEIRA CHARADA: ENTROPIA

Às vezes, quando me levanto, a manhã parece ter retrocedido. São as falhas escuras na paisagem, os ardis que o tempo preparou. O sol tem rugas e a Terra sofreu um desvio na sua rotação. É o desequilíbrio do corpo cansado. Abro a janela e vejo que o mar vazou. O pouco que restou cobriu-se de cordas e gelo. Não sei mais o que é sonho e o que não é. Às vezes, quando me levanto, o passado parece estar mendigando o meu presente à minha porta.

Mesmo assim, eu prossigo, tentando vencer esse cansaço infinito que vem do peso da desolação. Reativo o fogo na lareira, de onde se estende um sopro de calor. Sobre a mesa, o cesto vazio de frutas, o jornal de ontem debaixo do jornal de hoje, pedaços de uma casca de pão, a xícara de café que um dia me animarei a beber. Olívia daria um jeito nas coisas, eu ainda penso.

IMPACIÊNCIA

"Que dure cem anos", disse Heloisa. Depois, virou-se de costas para ele e saiu.

Mário ficou com a mão estendida, mordendo a palavra que ia dizer, deixando-a aprisionada dentro da boca, queimando com o fogo da impossibilidade. Permaneceu imóvel, de pé junto à porta, enquanto o coração batia agitado, depois do choque do que Heloisa lhe dissera. Sem ainda conseguir avaliar a dimensão do que teria de viver, Mário moveu-se com lentidão, como em câmera lenta, indo até o sofá, onde se sentou exausto. Só então ele percebeu que o grande relógio na parede à sua frente tinha parado. Lembrou-se vagamente de Heloisa dizer, um dia, tempos atrás, que seria necessário levar o relógio a uma oficina especializada. Ele não dera atenção. Agora, um pouco surpreso, sentiu falta do bater reconfortante dos ponteiros do relógio, e pensou: "Amanhã levo para consertar." Esse pensamento veio acompanhado de um grande incômodo, uma sensação que ele não conseguia definir nem localizar. Mário sentiu o gosto amargo de tudo que, de agora em diante, não poderia mais sair do plano da intenção para se realizar. Mário ainda não sabia, mas esse era o gosto da dor de tudo que se tornara inútil, dor que se infiltrava onde a impaciência o fisgaria todos os dias, dali em diante, com a sua garra de fúria.

Bichos

A fuga

Leo Tafuri

O PACTO

Para Hal

Carla colocou o jarro de vidro cuidadosamente sobre a mesa. Abriu a tampa e retirou de dentro o pequeno inseto verde, fino como uma folha. Sem se debater, ele permitiu que Carla o colocasse na palma da mão. Ela se sentou devagarinho em uma cadeira, fitando o inseto nos olhos que ocupavam quase todo o espaço da cabeça diminuta. Elevando uma das patas, o inseto tocou a asa direita, que tinha a extremidade quebrada, como se tentasse consertá-la. Depois, resignado, moveu-se em círculo sobre a palma da mão de Carla, e encarou-a com seus grandes olhos transparentes. Assim ficaram, Carla e o inseto, olhando-se nos olhos. Minutos antes, Carla tinha visto o pânico dele no jardim, quando ela se aproximou com a rede de filó. Por instinto, ele tentou escapar, com certeza esquecido do problema irremediável de uma das asas. Carla viu, então, que algo pulsava disparado dentro dele. Era o minúsculo coraçãozinho verde que o mantinha vivo. Foi nesse momento que Carla firmou com o inseto uma espécie de pacto. Sob a luz da tarde que caía, Carla e o inseto continuaram se olhando, porque a beleza das coisas vivas talvez valesse a pena.

ALFREDO

"Todos sabem o meu nome", ele me diz com certa empáfia, enquanto passa por mim sem me olhar.

"Ora, e o que eu tenho com isso?", penso como se isso pudesse me proteger da sua arrogância.

Diante da porta aberta, ele hesita, antecipando o frio desagradável lá de fora. Estou imóvel um passo atrás dele, e espero que ele se decida. Não tenho a menor ideia do que ele vai fazer. Ele permanece parado algum tempo. De repente, sai para a rua como se estivesse atrasado para um encontro. Não o verei até amanhã. Vou esperar por ele, porque não tenho outra alternativa. E ele sabe disso. Para ele, não importam as minhas juntas emperradas, as costas doloridas, a visão embaçada, contanto que eu esteja sempre disponível. Uma tarde li para ele, em voz alta, a história de Sardanapalo. Como ele desse a impressão de gostar da leitura, eu me animei e comecei a ler a história do gato preto emparedado. Mas não terminei, sem graça que fiquei ao imaginar que ele poderia ver nessas leituras uma intenção homicida da minha parte.

Agora, eu me sento junto à janela da sala, de onde posso observar o sol da tarde cair. Então, o vejo perto do poste, do outro lado da rua. Algo parece ter chamado a sua atenção no telhado da casa em frente à minha. Não dá para eu ver o que é. Alguém passa apressado e quase tropeça nele. Ele se esquiva, em sua agilidade invejável, e desaparece na noite que cai.

Há sempre o risco de ele me deixar para sempre. E se isso acontecer, nunca saberei o que de fato o levou. Restará apenas a lembrança da minha eterna vontade de decifrar o mistério do seu desapego.

DORSO

Platero, tu nos vês, não é verdade?
(Juan Ramón Jiménez)

O mesmo contorno das serras, todos os dias o caminho infindável, a dureza das pedras, o peso do homem sentado sobre seu dorso, redobrando o castigo dos cestos. Inútil sinalizar que está cansado. Há muito ele desistiu, e agora segue adiante, por um pouco de feno, um pouco de água. Ninguém percebe a lágrima na sua gota de suor.

O CONFLITO

As pegadas seguiam o mesmo padrão, mostrando que um deles – às vezes, mais de um – aproveitava o silêncio da casa e, de algum modo, conseguia abrir o basculante da cozinha. Uma vez lá dentro, nada era suficiente para satisfazer a sua fome de tudo que não crescia na mata. Depois do mergulho inebriante nas farinhas, nos açúcares, nas embalagens cheias dos vícios dos sabores e das gorduras, tudo ficava espalhado no chão e sobre a bancada, a porta da geladeira aberta, a despensa devastada.

No início, pedi ajuda ao serviço de controle de animais. Depois que ouviram o que descrevi, disseram que meus indesejáveis visitantes eram macacos que viviam ali perto.

"O que posso fazer?", perguntei.

"Reforce as entradas da sua casa. Talvez eles desistam", responderam.

Assim procedi, mas sem sucesso. Os gatunos continuaram a vir, hábeis em desfazer as tramelas, as fechaduras, em aproveitar pequenos espaços invisíveis para se esgueirar, entrando e saindo da minha casa.

Até que um dia um deles não conseguiu sair. Quando cheguei do trabalho, à noite, ele corria aflito pelos cômodos, procurando escapar. Quando me viu, parou assustado. Não era um macaco. Era um filhote de guaxinim. Estendi a mão para ele.

"Não tenha medo", falei.

A criaturinha não tinha nenhuma razão para confiar em mim, e continuou a se esquivar, procurando desesperadamente por uma saída. Para facilitar as coisas para ele, abri todas as janelas e a porta da cozinha, por onde entrou o ar frio da noite. Em um segundo, ele agarrou a oportunidade e correu para fora.

Na manhã seguinte, ao sair para o trabalho, eu o encontrei na pequena escada que dá para a varanda. Ele olhou para mim com muito interesse, colocando-se de pé como fazem os guaxinins.

"Veio para o café da manhã?", perguntei.

Ele parecia menos amedrontado, agora. Então me sentei no chão, para diminuir a prepotência ameaçadora que vinha da minha altura. Ele se aproximou, timidamente.

O sol começou a se elevar entre as árvores. Nesse momento, nada era mais importante do que o filhote de guaxinim que, certo de que eu não me vingaria das suas invasões, agora andava pela varanda, indeciso se deveria escolher entre os tesouros tóxicos da minha cozinha ou o acaso das libélulas, das sementes, a liberdade das intempéries e de seus riscos.

INFÂNCIA

Sobre a ponte estreita, o avô lançou o anzol na direção da água. O menino segurava o cesto de palha ainda vazio, que o avô planejava encher ao longo da tarde, aproveitando que o vento havia se acalmado. Um peixe foi logo fisgado, e o menino assustou-se com a agitação do corpo que, fora da água, lutava para se manter vivo. Ao mesmo tempo em que as mãos invencíveis do avô retiravam o gancho que se fizera de isca, desfazendo a ilusão que escondera a morte, desvanecia-se, no menino, a grande expectativa que havia nutrido sobre a pescaria. O avô colocou o peixe no cesto, ainda alheio à expressão sombria que agora tomava conta do rosto do neto. Debatendo-se, o peixe abria e fechava a boca, atormentando o menino com um pedido urgente de socorro que tornava tudo incompatível.

Anos depois, já adulto, ele não tinha certeza de que sonhara ou se de fato aconteceu que, de repente, o avô retirou o peixe do cesto e o jogou na água. Na atmosfera enevoada da memória, ambos, o menino e o avô, olhavam enquanto o peixe nadava em círculos como um cachorro feliz, e depois se afastava, desaparecendo na correnteza. Um pássaro voou sobre eles e pousou na extremidade da ponte. Logo, a superfície da água, tal como a vida, começaria a se turvar.

FALAR PELAS TARTARUGAS

Do mesmo modo que a mulher do poema, ela não encontrou palavras ou o tom certo que dessem conta do estrago e, por isso, saíra intempestiva do quarto, disposta a tudo, menos a perdoar. Lá fora, o sol fez arder os olhos inchados. Tarde demais para voltar e pegar o chapéu e os óculos escuros. Com a raiva redobrada, caminhou firme até a praia, ainda não muito cheia àquela hora da manhã. A maré baixa revelava os destroços, pedaços das coisas que as pessoas sugavam. Lutando com as lágrimas, ela continuou caminhando determinada, agora descalça, afundando os pés na areia molhada. Só parou quando avistou a fileira de tartarugas descendo pela areia na direção do mar. Seu coração acelerou ao ver um rapaz carregando um balde. Prevendo a intenção dele, ela gritou:

"Não toque nelas! É proibido por lei mexer com as tartarugas!"

Sua voz soou alta e forte como uma chicotada. O rapaz assustou-se e fugiu. Então, ela se sentou sossegada ao lado das tartarugas, agora que sabia, do mesmo modo que os poetas, que era possível usar as palavras como se fossem armas.

Lugares

Nuvem, nuvai
Leo Tafuri

PERDER-SE EM VENEZA

Um segundo e meio é tudo que basta para Roberta e Francisco se perderem um do outro. Enquanto ela se distrai olhando na direção de algum som mais alto, ele olha para cima, atraído por um papel atirado de uma janela, o rastro de um avião. Por algum tempo não se veem mais, separados pelas pessoas que passam apressadas na tonteira das vielas idênticas, reduplicadas, dos canais que se multiplicam como raízes. Em grande aflição, um procura o outro, antecipando o pior na forma de um desaparecimento definitivo e impossível de se esclarecer. Quando se reencontram, por puro acaso, depois de terem andado desesperados em direção opostas, um agarra o outro e, em meio a insultos e declarações de amor, prometem nunca mais se afastar novamente. Agora, caminham juntos, certos de que a promessa manterá sempre um ao alcance do outro. Não sabem que a cidade pensa de outro modo sobre esse arranjo.

TZOR'A

Um dia fiquei sabendo, por um conhecido que reencontrei por acaso, que Alan Michaels tinha morrido havia cinco anos. De algum modo, eu já sabia. Mais do que uma intuição, eu tive certeza, em algum momento, muito antes de receber a notícia, que ele havia morrido. Mas eu não tinha meios de confirmar essa certeza.

Durante muito tempo, desde o final do verão de 1970, em Tzor'a, perto de Beit Shemesh, mantive Alan na minha lembrança. Só o vi duas vezes depois daquele verão. Uma delas, em uma rápida visita que fiz ao *kibutz*, para rever alguns amigos. Não me lembro por que razão todos acharam melhor que eu passasse a noite ali, em vez de voltar no último ônibus. Tinham me falado que Alan fora ao cinema em Tel Aviv, naquela noite, e que só voltaria de madrugada, se é que voltaria. Portanto, eu não tinha esperança de revê-lo. Mas, quando o dia clareava, acordei, de repente, e o vi parado do lado de fora da porta de tela do quarto onde eu estava. Ele olhava para mim e, quando viu que acordei, perguntou: "É você, Noemi?" Com o coração aos pulos, levantei-me da cama e quis muito abraçá-lo, mas preferi perguntar, com meu inglês afetado, que filme ele tinha ido ver. "*Mulheres apaixonadas*", ele respondeu acrescentando, "um ótimo filme."

O restante dessa conversa se perdeu na minha memória para sempre. Tentei, inúmeras vezes, reconstruir nosso diálogo naquela manhã e também recuperar como nos despedimos, mas tudo que ficou daquele encontro foi a sombra de sua silhueta alta e o murmúrio de sua voz com o sotaque da então chamada Rodésia, respondendo à minha pergunta sobre o filme. Alguns anos depois, morando em um outro país, assisti àquele filme. Isso trouxe de volta o passo do meu coração disparado naquela madrugada em Tzor'a. Imagino que, naquela ocasião, Alan deve ter me convidado para visitá-lo outra vez, porque, de outro modo, eu não teria voltado duas semanas depois, sozinha, só para estar com ele pela última vez. E, dessa vez, restou apenas o eco de sua voz dizendo:

"Haverá um outro lugar para você crescer quando for embora."

Saber da morte dele acrescentou uma dor no meio de tantas outras, mas esta pesaria de modo diferente. Era a dor de um futuro que não aconteceu, a tristeza de uma impossibilidade que ficou gravada sem palavras e sem gestos durante anos e anos. Era a dor da memória sem os fatos. Eu já não sabia mais por quem eu chorava, desde o dia em que fiquei sabendo que Alan morreu. Às vezes, no meio da noite, eu pensava que só assim, de fato, eu podia chorar por uma morte que começou naquele ano em Tzor'a e que, afinal, tinha terminado.

Chorava pela moça tímida e triste que eu era e que Alan, ao voltar do exército para o descanso do feriado, abordou pela primeira vez, ao pôr-do-sol, no meio da estradinha que levava ao refeitório comunitário, na véspera de Pessach. Chorava pelo gesto de puro encantamento com que ele tocou os meus cabelos e me perguntou se eram de verdade. Chorava pela promessa do amor, pela esperança de alegria que cintilou por um breve momento do outro lado na minha infinita melancolia, esperança cujo destino era se desfazer. Chorava por ele, Alan Michaels, por seus planos não realizados, suas grandes mãos espalmadas para nada, seu uniforme de paraquedista, suas cartas inacabadas, seu país sem nome. Chorava pela música que ele tocou para mim na última noite, tentando me impressionar: "Singing

Winds Crying Beasts". Chorava pelo seu fracasso em fazer de mim uma mulher. Chorava por tê-lo amado, na imaturidade de quem ainda pensava ser possível se defender de todas as mágoas, e por nunca ter podido dizer isso. Chorava pelo cartão que enviei para ele de Roma, naquele inverno, e que ficou sem resposta, tudo tendo sido dito na melancolia do afresco de Michelangelo, as mãos tentando tocar um lugar inexistente, em uma eterna separação.

A FONTE EM MUMBAI

Na mesa ao lado, em um café perto do trabalho, Thaisa ouviu uma mulher dizer para os amigos:

"Existe uma fonte sagrada nos arredores de Mumbai. Aquele que bebe da água que dali jorra, depois da estação das chuvas, será capaz de prever o futuro."

Muito impressionada, Thaisa jurou a si mesma que encontraria essa fonte. Não poupou esforços e preparou a viagem com grande antecipação, aproveitando que tinha alguns dias de férias acumuladas. Mas, com receio de que todos pensariam que de novo ela perdera a capacidade de distinguir entre a realidade e a fantasia, Thaisa não contou a ninguém que estava indo para a Índia. Para os amigos, ela disse apenas que iria se ausentar por duas semanas, para visitar a família no interior.

A expectativa no momento do desembarque era imensa. Thaisa mal podia esperar para se dirigir ao hotel e iniciar a jornada no dia seguinte, tendo já traçadas algumas coordenadas que, ela tinha certeza, a levariam direto à fonte.

Existem várias maneiras de descrever o que se passou, depois que, já se aproximando o dia da viagem de volta, tendo ido de um lugar a outro na imensa desordem urbana da cidade de Mumbai, Thaisa começou a suspeitar que não havia nenhuma fonte mágica.

Prefiro a descrição que conta como Thaisa, depois de ter passado uma noite inteira acordada, sem saber se ria ou se chorava, desceu para o restaurante do hotel com a intenção de tomar o café da manhã. Mal se sentou à mesa, escutou a voz de uma mulher falando para um grupo de turistas norte-americanos, recém-chegados ao hotel:

"A fonte existe, mas, para encontrá-la, é preciso sair do lugar das certezas. E esse lugar se move a cada dia."

Indignada por suspeitar que se tratava de uma armadilha, na qual tinha caído como uma presa fácil, Thaisa se preparou para confrontar a mulher. Mas, nesse momento, à sua volta o hotel se desfez, levando tudo embora, como acontece nos sonhos. Thaisa começou a se mover para frente, um dia depois do outro, no amplo espaço de possibilidades que definem a loucura.

Escrever

Bhixo
Leo Tafuri

PÓS-ESCRITO

Espere, ainda não contei tudo. Enquanto você se ajeita assim, meio tenso, tenho a impressão de que não poderia ouvir muito. Só um pouco, ou talvez menos. Quem é que se foi, agora? Você não escutou a porta bater? Não. Você não percebeu, você apenas me olha e se prepara para o minuto seguinte, porque este, este exato momento não é ainda suficiente, quem sabe o próximo? Mas o que poderá trazer o próximo minuto? Isso eu não sei, mas você aguarda, você mal pode esperar por ele, assim com os olhos abertos e a boca sofrida. Será isso mesmo que estou pensando? Uma boca sofrida? Uma pessoa que vai embora e de quem só sei da porta batendo e você – que parece não estar atento, mas sei que está, só poderia estar.

Você espera, assim, há horas, para que eu conte o resto, o resto do resto, que eu invente uma história, que eu ao menos dê a impressão de estar sabendo muito bem do que estou falando, quem sabe assim você ficaria menos agarrado, mais despojado? Uma história que fosse, qualquer coisa, uma fileira de palavras umas atrás das outras com um sentido unívoco, palavras enfileiradas sem nenhum sentido escondido, todos os possíveis sentidos expostos, desnudados. Não sei se isso é possível, porque seria como descrever um acontecimento, uma coisa, uma cena, e eu não sei fazer isso ou não quero.

Eu teria de me destacar tão limpa de tudo, e não acredito que poderia fazer isso, porque eu dou a impressão de que me colo a essas palavras, e é como se eu e essas palavras fôssemos uma coisa só, mas não – não uma coisa, porque isso já sugere uma exterioridade, e, nesse caso, é mais um entrelaçamento, uma perdição emaranhada sem limites. Eu imagino que é isso que você gostaria, que eu contasse alguma coisa exterior, não pertencente, como um passeio de barco ou uma notícia sobre a mulher diante da janela, com os filhos gritando para ela não cair, mas, no entanto, ela se deixa precipitar alucinada. É isso que você quer ouvir? Eu teria de traçar um enredo, uma sucessão de diálogos, porque é assim, não é?

Cada personagem diferente uma da outra, ou uma só, com múltiplas personalidades, que coisa fantástica, que coisa de arrepiar. Ou, quem sabe, se eu não dissesse nada, se eu deixasse você pensando que a porta batendo foi apenas coisa da minha imaginação, que na verdade ninguém foi embora, estão todos aqui, todos os fantasmas, seus corpos, suas ideias, ou o que foram suas ideias, suas memórias, suas sombras, seria tão fácil, não seria? Pegar uma dessas memórias registradas, estendê-las como se faz uma cama, percorrer os caminhos de uma vida qualquer massacrada pela injustiça, recompô-la como se reconstrói uma casa, uma ruína, um quadro autêntico pintado por cima com uma tinta falsificada.

Mas não é isso que você quer ouvir, você não precisa dizer nada, porque, enquanto vou até a janela e me lembro da mulher caída e seus filhos, um ou outro fantasma aparece atrás da cortina e do poema "Tabacaria" ou, talvez, de "Borges y yo", e penso se será possível contar um conto sem que você veja nisso uma paixão, um desespero, uma confissão. Não, isso não pode ser, você quer uma história com princípio, meio e fim, porque para tudo tem de haver uma explicação, e eu tenho tanto tédio dessas coisas assim previsíveis, eu gostaria mais de um susto, uma calamidade, um recorte na realidade que não significasse nada além da falta de ar e da confusão e que, depois que você virasse o rosto para o lado, pensasse: Mas foi por isso que eu sofri tanto e me desesperei? Foi por isso que vivi tão atormentado? O tormento não vale a pena, é isso que estou tentando lhe dizer. Pode-se enganar um sultão rancoroso por mil e uma noites e envolvê-lo sem que ele perceba por mais duas mil e quinhentas noites e, quem sabe, até por mais tempo, até que ele vire o rosto para o lado ou passe a página do livro. Mas que não se cure nunca o sultão da expectativa inoculada pela tinta na página, da surpresa aguardada, da apreensão e da noite seguinte, quando eu estarei pronta e viva, bem longe da vidraça. E o sultão, pobre dele, estará tão exausto e cativo e sedento, que não perceberá que não existe história nenhuma, não há nada. Quanto a mim, ou o que pensamos ser eu, estarei colada às linhas, sugerindo significados e decifrações, e ele condenado a esperar mais, a descobrir essa relação impossível em que não há nada fora de mim nem fora dele. Pobre sultão aprisionado! Só lhe resta virar a página e encarar o minuto seguinte e tentar me pegar como a um raio de sol.

[1ª Edição 2019]
Este livro foi composto em Garamond Premier Pro
e impresso em papel Pólen Bold 90g/m²
para a Quixote + Do Editoras Associadas

FSC www.fsc.org
MISTO
Papel proveniente de fontes responsáveis
FSC® C092828

PRINTED WITH SOY INK®